文苑诗情

刘显世 著

山东文艺出版社

图书在版编目（CIP）数据

文苑诗情/刘显世著.—济南:山东文艺出版社,2020.6

ISBN 978-7-5329-6120-7

Ⅰ.①文… Ⅱ.①刘… Ⅲ.①诗集—中国—当代 Ⅳ.①I227

中国版本图书馆CIP数据核字(2020)第052958号

文苑诗情
刘显世 著

主管单位	山东出版传媒股份有限公司
出版发行	山东文艺出版社
社　　址	山东省济南市英雄山路189号
邮　　编	250002
网　　址	www.sdwypress.com
读者服务	0531-82098776(总编室)
	0531-82098775(市场营销部)
电子邮箱	sdwy@sdpress.com.cn
印　　刷	山东泰安新华印务有限责任公司
开　　本	710毫米×1000毫米　1/16
印　　张	14　插页/2
字　　数	80千
版　　次	2020年6月第1版
印　　次	2020年6月第1次印刷
书　　号	ISBN 978-7-5329-6120-7
定　　价	56.00元

版权专有,侵权必究。如有图书质量问题,请与出版社联系调换。

韩国栋 国画作品 53.5cm×90.5cm

韩国栋　国画作品　58cm×82cm

序一
古韵今声意纵横

张志清

（国家图书馆副馆长、古籍保护中心副主任，研究馆员）

刘君显世公暇耽思，吟咏寄情，日久连缀成编，题曰《文苑诗情》。己亥兰月，因公务与刘君晤于圣人桑梓，伴杏坛弦歌，乘鲁壁吉光，刘君以诗集见示，请序与余。余自知才疏学浅，然辞不获命，遂不揣浅陋，书于卷端。

诗者，何也？白香山曰："诗者，根情，苗言，华声，实义。"夫"根情"者，以情为诗词之根也。刘君秉笃朴之性、纯真之情，或登临山水，逸兴遄飞；或徘徊古迹，凭吊生慨。家国之思，生态之忧，无不萦怀而沥血为诗，深心托于毫素，高抱及于风云。其家国之思如《又逢甲午》《京城沙尘暴有感》《全国基层文化江山会议即思》，其恋乡之绪如《乡愁之老家小院》《望乡》，其孺慕之情如《腊月初九忆母亲》《纪念韩乃桂老师》，其人生感悟如《梦如人生》《冬日随笔》，其行吟山水如《寻梦采石矶》《游惠山古镇有感》，其写景抒怀如《春日即景》《山居秋晚》等等，莫不独抒性灵，非深于情者，焉能为之？

何为"苗言"？言为诗词之苗，遣词用语，若"羚羊挂角，无迹可寻"，偏又"笼天地于形内，挫万物于笔端"。观其《春日即景》："庭院海棠花瓣雨，幻身红楼葬花吟。千娇百媚齐争艳，一枝独秀难为春。春华易逝叹流水，容颜既老愁双鬓。零落成泥化作尘，唯有优雅风骨存。"初读来，似写庭院海棠之谢，发春华易逝之思。细品之，则蕴含"落红不是无情物，化作春泥更护花"之深意，有"唯有香如故"之气概。其用语有时似白话，却真趣朴茂，独饶风韵。如《咏玉兰》："玉兰知春来，小园独自开。不作千娇媚，只留一清白。"不事雕琢，尽得风流。

"华声"者何？"华"，花也。声律为诗词之花，于吟哦浅唱中彰显其美。刘君《蝶恋花·登转山》："春和景明三月暮，杨柳风轻，迎春漫山路。游子闲情徜徉处，绿蒙山径花千树。西去斜阳迎日暮，门锁青山，何以留春住。满眼游丝花绽处，年年花语同谁诉。"韵律抑扬顿挫、高下盘旋，诵之上口，听之悦耳。

至若"实义"，"义"，意也。立意乃诗词之果实，于美刺吟咏中命意高远。刘君"流金岁月""天道酬勤"诸篇，雪泥鸿爪，世风乃现；微吟长叹，民瘼可窥；其"江山多娇""缅怀追忆""咏物寄兴"诸篇，只言片语，山水满目；冰心一捧，孝友情真。其纳万象于毫端，随兴生感，随事而发，正所谓"文章合为时而著，歌诗合为事而作"。

"感人心者，莫先乎情，莫始乎言，莫切乎声，莫深乎义。"情、言、声、义四者，实为诗词之要义，相辅相成，不可或缺。倘细加推敲，刘君更长于"根情""实义"，而于"苗言""华声"则犹有未逮。其遣词也，或欠精粹；其守律也，或失宽泛。一阅匆匆，随读随感，与刘君共勉。

是为序。时己亥兰月上浣。

序二
心声言志见性情

徐 雁

(南京大学教授、博士生导师,中国阅读学研究会名誉会长)

诗者,所以言志者也。故先贤云"在心为志,发言为诗",而言之为人心声,乃咏怀者赤子真情之诗语表达也。心声言志,故诗语之为文学,足以穿越时空而感染来者。如同鲁迅《坟·摩罗诗力说》所云:"盖人文之留遗后世者,最有力莫如心声。"

目下掌山东省图书馆馆政者,刘君显世也。虽早年出生于即墨农家,且地方志所谓朴鲁少文之地,而长大偏嗜笔墨,好吟咏,乐作文辞。偷闲假日,或公务余暇,时或跋山以揽胜景,临水以悟理智,访古以怀往圣,返乡以遣童愁。昔日文章,既有《文苑漫笔》问世矣,久获读者佳评;而累年诗词作品,今又裒为新集,命名为《文苑诗情》。

开卷展读，诗分六辑。曰"流金岁月"，曰"天道酬勤"，曰"缅怀追忆"，曰"乡愁乡思"，曰"江山多娇"，曰"咏物寄兴"。其中如在《山东邹县孟府赐书楼前听讲〈孟子〉》所作："同道学儒邹鲁城，七月流火雷霆迸。断杼教子意深切，孟母三迁出亚圣。"某年公休假日回乡休假之作："草低云涌风飒飒，气爽天高秋浩浩。鸿雁阵阵北国土，归心切切东海岛。揽尽胜景心难驻，走遍天下家最好。唯愿此间一茅屋，青山碧水相伴老。"又记入学北大政治学系三十周年师生聚会之作："青丝渐白头，壮心竟未酬。三十年又见湖楼。豪情犹在心意平，能几回，人长留。大白满一浮，童心尚在否？老同窗满是情愁。也拟未名泛轻舟，聊追忆，少年游。"俱见作者之儒学情志、乡间情愫及母校情结。观其作而想见其为人，则刘君者，固职场之文士，而俗世之雅人者也。

余与刘君素昧平生，然先后届可溯燕园深造之学谊，当下则有图书馆同行之业缘，想来苏鲁毗邻，相见可期。唯愿握手晤谈之际，或春或秋，最是宜文宜诗之佳日。若能登高望远，把酒临风，灵感酿就，赋辞成章，则旧雨新知，或成雅集。是为序，己亥年寒露日于金陵雁斋山居，时芙蓉正盛开而文旦渐已黄熟也。

目 录

第一辑　流金岁月

记"永远的辉煌"第 16 届中国老年合唱节 / 003

杂想一则 / 004

送别 / 005

春分 / 006

赴英培训有感 / 007

生日随咏 / 008

夜归 / 009

梦如人生 / 010

又逢甲午 / 011

观大运河流域曲艺会演 / 012

观群星奖获奖作品北京巡演有感 / 013

冬日随笔 / 014

立秋 / 017

无题 / 018

坐京沪高铁赴杭州 / 019

年二十八 / 020

春节 / 021

2016 大年初一 / 024

大年初四生日 / 025

大年初七上班之日 / 026

立夏 / 027

山中与高中同学相聚 / 028

过年感想 / 029

爱丁堡印象 / 030

年 / 031

京城沙尘暴有感 / 032

孟府赐书楼前听讲《孟子》/ 033

晚归 / 034

天净沙·沙尘暴 / 035

浣溪沙·高考 / 036

鹧鸪天·出海 / 037

采桑子·雨后 / 038

唐多令·记北大 86 政治学入学 30 年相聚 / 039

秦楼月·记即墨二中 86 文班毕业 30 周年 / 040

水调歌头 / 041

浪淘沙·初到爱丁堡 / 042

长相思·寒露 / 043

临江仙 / 044

南乡子·初夏 / 045

卜算子 / 046

有些 / 047

岁月 / 049

观未名湖美照有感 / 051

守候 / 052

秋思 / 053

田园 / 054

都市田园 / 057

老同学聚会 / 060

福山 / 061

春思 / 062

第二辑　天道酬勤

题首届尼山书院暨乡村儒学骨干培训班 / 065

培训偶得 / 066

全国基层文化江山会议即思 / 067

赴京参加图书馆年会有感 / 069

赴青参加尼山书院集中揭牌式 / 070

题尼山书院师资培训班 / 071

评估途中 / 072

春雨工程山东文化志愿者青海行 / 073

威海会议掠影 / 074

题 2015 广州中国图书馆年会 / 075

题孟子公开课备课会 / 076

赴临沂调研文化扶贫 / 077

凤凰古村调研 / 078

初春 / 079

题朱子公开课备课会 / 080

文化志愿者赴青海刚察 / 081

题尼山书院孔子公开课 / 082

曲阜尼山书院门前听赵法生教授讲儒学 / 083

蝶恋花·大明湖尼山书院 / 084

浣溪沙·荣成边防书屋 / 085

第三辑　缅怀追忆

腊月初九忆母亲 / 089

遥记北大86政治学同学入学30年 / 090

悼念母亲逝世二周年 / 091

纪念韩乃桂老师 / 092

丁酉清明节 / 093

忆北大同学 / 094

清明 / 095

清明 / 096

长相思·重阳忆母亲 / 097

鹧鸪天·悼母亲逝世三周年 / 098

鹧鸪天·清明 / 099

即墨二中求学记 / 100

第四辑　乡愁乡思

乡愁之老家小院 / 105

乡愁 / 106

归途偶感 / 107

望乡 / 108

归乡偶思 / 109

十月一日归乡 / 110

冬日老家 / 111

归 / 112

蝶恋花·初春 / 113

第五辑　江山多娇

临朐 / 118

观贺兰山岩画 / 119

秋思 / 120

寻梦采石矶 / 121

山村秋夜 / 122

大明湖南岸观落花 / 123

游惠山古镇有感 / 124

即墨古城 / 125

金口古镇 / 126

温泉镇 / 127

夏游大峰山 / 128

紫麟阁秋题 / 129

秋日重回京城有感 / 130

大乳山景区秋题 / 131

黄河入海口冬日 / 132

怀柔 / 133

紫麟阁即思 / 135

忆海边美景 / 136

即墨一晚 / 137

海阳 / 138

蓬莱 / 139

莱山 / 140

荣成记忆 / 141

途中偶作 / 142

晚宿惠州 / 143

风景 / 144

武河湿地秋色 / 145

蒙山沂水 / 146

温泉故地 / 147

大年初二登钱谷山 / 148

初春登千佛山 / 149

海边遐思 / 150

京城五月 / 151

题十笏园博物馆 / 152

青州古城 / 153

明湖南岸小景 / 154

宽沟一日 / 155

威海夜景 / 156

海边晚景 / 157

登玛珈山 / 158

西夏王陵 / 159

董子书院晨景 / 160

灵山岛 / 161

古城初春 / 162

钱谷山南麓 / 163

春游红叶谷 / 164

入住烟台 / 165

明湖美景 / 166

微山湖即景 / 167

微山湖夜景 / 168

追忆大峰山 / 169

蝶恋花·登转山 / 170

木兰花·观海 / 171

远观青海湖 / 172

敦煌鸣沙山 / 173

第六辑　咏物寄兴

白玉兰 / 178

秋思 / 179

迎春花开 / 180

春暖花开 / 181

秋景 / 182

泉城首雪 / 183

夏日小景 / 184

咏玉兰 / 185

春日即景 / 186

夏初好雨 / 187

夏日随感 / 188

秋思 / 189

济南首雪 / 190

霾伤 / 191

雪后 / 192

君子兰 / 193

惜春 / 194

观花偶思 / 195

阳春四月 / 196

春天小景 / 197

六月雨 / 198

初春 / 199

蔷薇 / 200

六月泉城雨 / 201

山居秋晚 / 202

蔷薇 / 203

夏日遐园 / 204

秋夜山居 / 205

玉兰花开 / 206

六月感怀 / 207

渔家傲·春景 / 208

卜算子·春雪 / 209

初见 / 210

后　记 / 211

第一辑　流金岁月

門響緣客至鳥噪報春鄰一簇得情杪半百讀書人挑燈看俠客煮酒論詩神關隘雖萬重也尋千古春

錄劉顯世句 己亥春韓國棟書

韩国栋　书法作品
45cm×137.5cm

五言六首

记"永远的辉煌"第 16 届中国老年合唱节

齐国古城地，
重阳更举觞。
菊黄蟹正肥，
秋雁暮归忙。
老艾有雅意，
纷纷登上场。
谁言古来稀，
辉焕胜朝阳。

* 淄博张店，2014 年 9 月 24 日晚草成。

杂想一则

林空松果落,

山静鸟鸣幽。

春绪如丝乱,

绵绵使客愁。

＊2016 年 4 月 20 日,于烟台东山。

送 别

清晓松林静，
海风迎面凉。
朝晖凝紫气，
晚萼送幽香。
相聚时间短，
别君情谊长。
手挥平安意，
夕照彩霞光。

* 草于 2016 年 7 月 30 日。

春分（中央文干院）

年年春如是，

今春我又来。

小桥听水响，

老树看花开。

绿柳独婆娑，

水鸭久徘徊。

鸟鸣池上树，

书读道边台。

春色已将尽，

赏花来不来？

＊2017年3月20－22日，中央文干院，公共文化服务保障法培训。

赴英培训有感

平明云送客,不日到英伦。
天地殊乾坤,东西混黑晨。
天无终日丽,雨急一时新。
身处温布利,原来是近邻。
繁芜暂且释,学习日无垠。
信步公园里,草深还如春。
鸟飞悠暇起,湖映半轮匀。
松鼠自游乐,天鹅见客亲。
天人共和睦,此处竟为真。
李杜若来此,宏篇留后人。

* 2017 年 9 月,在伦敦参加社区文化建设培训班,心有所感,拙诗记之。

生日随咏

门响缘客至，
鸟噪报春邻。
一簇抒情竹，
半百读书人。
挑灯看侠客，
煮酒论诗神。
关隘虽万重，
但寻千古春。

* 2018年2月19日，正月初四，雨水时节，恰逢生日。

七言二十八首

夜 归

昨日江南夜归迟,
西站寂寂客踪稀。
海棠不惜胭脂色,
姹紫嫣红斗芳菲。

﹡2014年3月26日深夜,从无锡开完会连夜赶回济南,宿舍小园里海棠怒放,花瓣遍地,一阵花香扑鼻而来。

梦如人生

梦如驼铃惊缺月,
心如红叶染青川。
思如涌泉流不断,
情如蚕丝恒久绵。
书如挚友夜长白,
生如夏花苟难全。
志如磐石浑难撼,
气如长虹贯九天。

* 草于2014年6月4日。近读白落梅《花开半季,情暖三生——淡品唐诗的风雅》,其中有句"梦如驼铃惊明月,心如红叶染青山",因此引出了我的这首诗。感谢白落梅先生,你在窗边看风景,却装点了我的梦。

又逢甲午

去日百年逢甲午，
犹思当年战力殊。
北洋水师负空名，
屡败屡战渐轻躯。
惜我中华奋起迟，
宵小狐兔怎堪驱？
千秋一统中华梦，
岂让他人来觊觎。

*2014年6月5日到甲午海战之地威海有感。忆昔甲午海战，我海军虽有报国热血，无奈技术落后，终难逃落败之运。幸我国自那时开始谋求强国之路，至今终见成效，令世界诸国不敢小觑。吾辈虽位卑未敢忘忧国，实现强大的中国梦路虽漫漫，吾将上下而求索。

观大运河流域曲艺会演

京杭千里运河清,

七下江南迤逦行。

昔岁繁华今岂在,

犹闻当日竹丝声。

曾经风物成遗景,

孔孟之乡曲艺盈。

运河水滨说运河,

太平盛世唱太平。

* 为祝贺大运河申遗成功,大运河流域曲艺会演于 2014 年 8 月 8 日 – 12 日在济宁举办,流域 17 城市 30 多支队伍参加。

观群星奖获奖作品北京巡演有感

大地情深碧天阔，
群星璀璨心魂夺。
民歌一唱如天音，
劲舞乍起惊四阒。
铃铛声声赶秋来，
荷包串串闻鼓钹。
最美艺术在民间，
至善老师是生活。

* 2014 年 10 月 27 日晚，在国家大剧院观看"大地情深——'群星奖'获奖作品全国巡演北京行暨闭幕演出"有感。

冬日随笔

之一：入住温泉中信

东面朝霞一抹妍，
远方青嶂黛相连。
海边村落云缭绕，
梦幻仙居不羡仙。
偶有群鸥直飞起，
便携情思上云天。
港湾小镇群楼立，
梦在白云山水边。

＊2014年12月26日，草于即墨温泉镇。

之二：宿温泉中信接待处

如洗天空月似钩，
凡尘荡涤意清幽。

阴阳混沌灯初上,
日月共辉美景留。
人往车来都有尽,
客离情留却无休。
心中存有千秋梦,
一梦醒来桃坞洲。

*2014年12月26日,草于即墨温泉镇。

之三:田横岛纪事

冬日海滨寻梦游,
海天平阔远山幽。
波涛拍岸群飞鸟,
碧水连天一叶舟。
渔妇相牵传笑语,
恋人执手看沙鸥。
齐国壮士今何在,
寂寞空林掩冢丘。

*2014年12月27日,草于即墨温泉镇。

之四

冬日窗前暖如熏,

天边冷月伴疏云。

一年一度芳菲尽,

花落时节更念君。

＊2014年12月28日,草于即墨温泉镇。

立 秋

炎炎夏日尾声近,
立秋时节暑气寥。
凉意即随秋立至,
雨来风至溽暑消。
野蛙池底鸣才尽,
绿树寒蝉秋自凋。
四季轮回天命定,
一生短暂竞天骄。

* 2015 年 8 月 8 日,立秋之日。

无 题

亲友相依互知暖,

人生有梦不言寒。

千辛万苦终烟灭,

心有信仰定如恋。

*2015 年 9 月 21 日,赴杭州开会途中。

坐京沪高铁赴杭州

高铁飞驰贯南北,
京杭不过半天还。
白墙灰瓦江南岸,
翠绿满田流水潺。
河运昌盛有史传,
人船鼎沸动人寰。
今朝高效虽胜昔,
莫若漫游山水间。

*2015 年 9 月 21 日,乘坐高铁去杭州开会途中。

年二十八

丽日照窗心内暖,
春风料峭拂山巅。
路边枯树孕生意,
远处山岚凝紫烟。
男女老少共等待,
东西南北同迎年。
千年风俗未曾改,
过节何虞路杳煎。

*2015年农历腊月二十八,回老家过年。

春 节

之一：接年

春风料峭坠斜阳，
绿水青山盈福祉。
千户烟花辞旧年，
万村红对纳新喜。
孩童窗外燃鞭炮，
家妇灶前忙不已。
骏马歇鞍成旧命，
三羊开泰从新始。

*2015年除夕，即墨老家接年。

之二：除夕

草丛鸟雀向天飞，
清野平郊虺虺雷。

千户祖坟新岁接，

万家家谱伴香台。

春晚饺子迎新岁，

爆竹烟花旧岁催。

守岁年年除夕过，

又是大地惠风回。

*2015年农历腊月二十九，胶东海滨小村除夕之夜。

之三：生日

万里晴天不见云，

无边光景一时新。

丛林山外抽新绿，

双燕窗前报早春。

蓝色硅谷立新城，

康庄大道通海滨。

一马暂歇三羊至，

盛世复兴中国人。

*正月初四，本人生日。虽然风有点大，但天色奇好，万里无云，与小女在县城鹤山路家琪蛋糕店订购蛋糕归来。

之四：归程

一年一度人增寿，

一度一年门对红。

月复一月月圆缺，

日复一日日东升。

年年岁岁年相似，

岁岁年年人不同。

青山常绿人长在，

人间何处不春风。

* 正月初六，返程前夕。正所谓，青山依旧，人事无常。天增岁月人增寿，在天地之间，人显得何其渺小！陈子昂所言，念天地之悠悠，独怆然而涕下，那种悲凉的沧桑感与谁言说。但愿青山常绿人长在，碧水长流花常开，亲情温暖永恒，抱着这种美好的愿望启程吧。

2016年大年初一

万里晴空无纤尘,
无边光景一时新。
东西南北互拜年,
男女老少共庆春。
山落静寥闻犬吠,
天边尽处落霞匀。
风中几缕炊烟起,
春燕归来不避人。

＊2016年大年初一,山村小景。

大年初四生日

天色苍茫云脚低,

南山影绰青岚起。

湿云凝露春寒生,

喜鹊依风飞不止。

春雨欲来伴好风,

丰收在盼承灵祉。

假期有限思重逢,

事业无边从新始。

* 2016 年正月初四,生日。天欲雨,收拾行囊与心情,明天返程顺利。

大年初七上班之日

白云丽日无霾迹,

春浅风清二月期。

微雨沾衣草芽湿,

年假归去各分离。

花苞含蕊春萌动,

腊雪初销绿意窥。

天地增年人增寿,

乍晴还寒雨收时。

*2016年大年初七,上班之日,昨日回家过年的人们纷纷冒雨雪而归。

立 夏

墙头蔷薇香满襟,
落絮蒙蒙立夏临。
春至百花争斗艳,
夏来天地绿荫深。
年年春日皆如此,
岁岁月华何处寻。
花谢花开终有极,
缘深缘浅唯真心。

* 2016 年 5 月 5 日,立夏之日,晚间草成。

山中与高中同学相聚

黄歇村外有南泉，
绿意葱茏映眼繁。
山色称奇引人迹，
半腰洞府见桃源。
同学相聚何谈酒，
万语千杯不觉喧。
霜染鬓鬟华年逝，
此情绵亘满乾坤。

*2016年5月29日午后，天气晴好，与高中老同学赵谦刚等至南泉村附近山之半腰居所，把酒言欢，酒意阑珊而归。

过年感想

河山万里昭新喜,
庭院千家映吉祥。
一地鞭红祛雾霾,
满天烟火接辰光。
鸡鸣晨晓山林月,
人行巷边小桥霜。
城里春节何处去,
乡村年俗比酒香。

＊2017年1月28日改。

爱丁堡印象

蓝天白云绿意晴,
古城惊艳览分明。
城池傲立百年固,
黑炮低沉孤风迎。
美景比拼难免俗,
秋风细雨不思行。
窗前风景清如洗,
拂梦晓寒晨露轻。
梦里乡关知何似?
满树苍绿仍夏声。

*2017年9月11日,到爱丁堡第二日,草于爱丁堡 Napier(纳皮尔)大学课间休息时间。

年

年年忙年年年忙,

岁岁长岁岁岁长。

年年岁岁山河在,

朱颜辞镜鬓添霜。

年年岁岁春联艳,

岁岁年年鞭炮狂。

无论身为何地客,

吾心安处是家乡。

* 2018 年 2 月 15 日,除夕之夜,祝各位亲朋好友新春愉快,旺年吉祥!

京城沙尘暴有感

本是人间四月天,
风沙扑面惹人叹。
奈何南北东西风,
漫卷樱花花影乱。
杨絮不知路人心,
唯知作雪飞满岸。
天公反常有缘由,
生态文明路漫漫。

孟府赐书楼前听讲《孟子》

同道学儒邹鲁城,
七月流火雷霆迸。
断杼教子意深切,
孟母三迁出亚圣。

晚 归

街灯炫目路寥寂，
庭院幽深夜归人。
未歇芳林迎常客，
半明星汉作佳邻。
世人从职千万种，
我等钟情这一份。
忙碌充盈皆自得，
不义富贵如浮尘。

词十二首

天净沙·沙尘暴

京城四月飞花,天地混沌狂沙,曲院琴声优雅。沙如雨下,行路人在天涯。

* 2015年4月15日在北京大兴中央文化管理干部学院学习。至驻地后沙尘暴来袭,幸好提前到达,不然拉着行李箱顶着沙尘暴太狼狈。在房间里隔窗远观风沙骤起,花乱人急,还有幸听到了校园里不知何处传来的优雅琴声,与沙尘暴的肆虐形成对比。

浣溪沙·高考

每岁夏初燥更尤,心焦天热考生忧,谁家欢乐几家愁。三十余年高考路,恍然一梦伴喜忧,雄心壮志始开头。

*2015年6月7-9日高考,心生感慨。

鹧鸪天·出海

坡上青草辞花香,天边云彩度斜阳。月月潮汐定期至,日日帆扬赴他乡。

天浩渺,水波扬,水天相近几苍茫。亲人未远归期盼,渔唱相随鱼满舱。

* 2015 年 6 月 26 日草就。

采桑子·雨后

急雨过后明湖好,烟色轻舟,绿喜红愁。亭榭高台望沙洲。
欢聚转瞬人去空,思也悠悠,念也长留,一笑嫣然最娇羞。

*2015 年 7 月 1 日草就。

唐多令·记北大86政治学入学30年相聚

青丝渐白头,壮心竟未酬。三十年又见湖楼。豪情犹在心意平,能几回,人长留。

大白满一浮,童心尚在否?老同窗满是情愁。也拟未名泛轻舟,聊追忆,少年游。

＊2016年五一期间,遥念北大政治学入学三十年聚会。7月1日改于北京怀柔宽沟招待所。

秦楼月·记即墨二中86文班毕业30周年

芳菲歇,卅年回首霜晨月。霜晨月,一声问候,语凝声咽。

正逢初冬好时节,草木未凋拥红叶。拥红叶,故校何在,师生情切。

＊2016年11月16日,于济南紫麟阁。

水调歌头

　　陌上青山远,山外暮云长。又见双燕归来,低徊绕前窗。毕竟书生意气,终究纸墨文章,煮酒醉魂香。回首前程路,山色正苍茫。

　　冬寒尽,绿意动,会春光。飞云浮动,身寄俗世壮心藏。多少潮升潮落,几度春来春去,心境自安详。又是春花艳,丹心向朝阳。

＊2017年3月8日,改于办公室。祝各位伟大的女性朋友节日快乐!

浪淘沙·初到爱丁堡

列车御风行,一览心倾。古城新貌客乡情。镜里不知身是客,忘却营营。

兄弟起纷争,终竟和平。玉帛深处干戈生,古堡犹闻鸣炮响,不忘兵争。

＊2017年9月10日8点44分,自英格兰国王十字火车站乘列车至爱丁堡,C车厢58号,于下午1点50分到达之后即赴皇家一英里参观,随手记之。

长相思·寒露

炎气消,暑气消。此际登楼空寂寥。云霄层层高。
山依然,人不凋。忍看鸿雁飞南巢。天涯自此遥。

* 草于 2018 年 10 月 9 日,昨为寒露。

临江仙

春到湖中新绿,两堤杨柳依依。年年风景总相期,晓晴朝日丽,风正鸢高飞。

梦里百般思绪,何如纵酒千杯。年年朱颜难回追,樱桃红欲坠,春暖雁北归。

南乡子·初夏

初夏绿未收,芳草连天遍九州。梦里乡关何处是,何忧。青山不老水长流。

登高上层楼,望尽天涯志未酬。人生如梦酹明月,难休。大雁过处声名留。

卜算子

月月圆月明,日日斜阳暮。繁紊杂事忙不休,不顾辛劳苦。少年曾逐梦,而今心波住。万丈红尘名利客,只把空名负。

*下班偶作。

现代诗、杂诗十四首

有 些

有些话，还未及出口
便已忘却

有些事，还未及记忆
便已模糊

有些人，还未及了解
便已生疏

有些面容，还未及熟悉
便已形同陌路

有些花朵，还未及开放
便被风雨吹落满地

有些风景，还未及欣赏
便已转瞬而逝

有些人,生来只是奉献
有些人,只是习惯了索取

人生如梦,凡事必得亲历
才会留下刻骨铭心的记忆

*2014年1月28日初稿。

岁 月

岁月
是看不完的潮涨潮落
是数不尽的月圆月缺

岁月
是走不完的山川河谷
是循环往复的春草夏花秋实冬雪

岁月
是一圈又一圈的年轮
是一年又一年的背井蹉跎

岁月
能让青丝变成斑斑白发
也能让时光不经意地从指间滑落

岁月
你带走的是青春的容颜,乃至生命的躯壳
带不走的是思想,是回忆
和那站在高处的精神和品格

* 2014 年 2 月 16 日下午草。

观未名湖美照有感

未名湖畔又春风,
湖光塔影遥相映。
燕园美景今犹在,
同学多年各西东。
人海竞驰骋。
柳又绿,花正红,
可闻当年读书声?

* 草于 2014 年 3 月 30 日。昨看大学同窗好友周有光湖光塔影美照,不由想起大学生活,有些心酸眼酸,美景如旧,同学今何在?

守 候

在春花烂漫的时节
我沉醉并留恋
大自然馈赠的绿树新芽
和浪漫多姿的田野枝头

在真假汉子混杂的时候
我在寻找
那最是一低头的温柔
和莞尔一笑的娇羞

在信仰缺失的年代
我在寻找
人间的永世真情
和情同兄弟姊妹的真诚互助

在欲望横流的社会
我在为心底那一片纯真
和精神的高贵超脱
倔强而执着地守候

﹡草于2014年4月10日。

秋　思

八月桂花香满树，
归雁声声，
望断天涯路。

梦中依稀香罗幕，
树影摇曳，人少车稀，
孤夜寒灯疏。

白珠凝露霜成玉，
疑是银河铺。
盈盈暗香，声声笑语，
此情可待成追忆。

秋水长天共一色，
嫦娥寒宫起轻舞。
蓦然记起，南山深处，
霜染红叶应满地。

*2014年9月23日上午，淄博张店草就。

田 园

之一

想有那么一天,
不用操心破事,
没有得失忧患,
身心放归田园。

园中一畦韭菜,
还有瓜果香甜。
逗逗摇尾小狗,
窝里掏个鸡蛋。

约上三两同学,
池边摆上长竿。
泡上一壶清茶,
偶尔抽支闲烟。

也会间或小聚,

吃顿生猛海鲜。
看看无垠大海，
回去泡泡温泉。

天气晴好时候，
独自爬爬南山。
也叫登高望远，
思古之情幽然。

毕竟乡情难却，
古今情系桃源。
叶落终要归根，
快乐胜比神仙。

＊2015年6月12日，打油诗一首。

之二

有时赶赶大集，
挑上两只笨鸡。
再捎几种海鲜，
当然还有果蔬。

回来炒煎焖煮，
惹得口水欲滴。

开上一壶老酒,
喝到日头向西。

直到酒酣耳热,
仿佛忘了自己。
倒在炕头便睡,
直到自然醒起。

* 2015 年 6 月 15 日草成。

之三

清晨自然醒起,
朝阳照进里屋。
也到田里转转,
摘根黄瓜便吃。

偶然遇到乡邻,
上前打个招呼。
谈笑一时兴起,
忘了要去哪里。

* 2015 年 6 月 15 日草成。

有时——都市田园

之一

有时明湖观柳,
有时佛山礼佛。
有时趵突听泉,
有时红谷看叶。

有时一杯清茶,
读上几首诗歌。
有时坐在书院,
听听国学讲座。

有时看看演出,
基本为了工作。
有时喝个小酒,
见见老乡同学。

有时闲对窗外，
静默无言呆坐。
有时也会加班，
忙得像个陀螺。

人生不会重来，
心态需要洒脱。
只有一个目的，
健康快乐活着。

* 有时，指八小时之外。2015 年 6 月 18 日草成。

之二

下班走着回家，
途中走哪算哪。
有时逛逛小店，
看看应季衣裳。
有时一碗羊汤，
吃饱了无牵挂。

回去看看足球，
有时跟着犯傻。

进球心里很爽,

该进不进心急。

赢了心里高兴,

输了气得直骂。

*2015 年 6 月 18 日草就。

之三

约上一帮同事,

经常打打篮球。

跑得满身是汗,

回来热澡伺候。

洗完通体畅快,

偶尔撸串啤酒。

喝得一时兴起,

管他天地悠悠。

*2015 年 6 月 18 日草就。

老同学聚会

不见总想念,
相对却无言。
不聊时下事,
只是忆华年。

难见少时面,
白发双鬓添。
酸从心中来,
唯觉芳樽浅。

*2015年6月19日草就。

福　山

福山福地福人居，
奇才奇艺奇民俗。
美食美景美名传，
好海好天好去处。

有文有武有气节，
留名留声留忠骨。
一生一世一红心，
报国报民报父母。

*2015年7月8日上午，烟台福山区看文化馆、王懿荣纪念馆、民俗馆有感。

春思一则

繁花朵朵,灿烂一瞬怎能永不辞树;
绿叶片片,葳蕤两季能否叶落根还。
朋友圈的朋友有的今生难谋一面,
有些朋友,照面熟悉竟是心比天远。
月是秦汉明月,山是千古青山,
大海波涛,潮汐往复转眼已是千年。
壮志少年,英雄肝胆,
铁打的岁月,侵蚀你我双鬓容颜。
唯一永恒的,是思想与爱的传说,
那份温暖,那种心与心之间的相连,
与岁月山川萦绕,地老天荒直至永远。

第二辑

天道酬勤

蝶恋花。閑步东明湖上占旧院刘阮进句

蝶恋花。迴院深深深几許,杨柳堆烟,碧許,杨柳堆烟,碧
浪摇春港,听上春花抱愿霁寰,堂传诵古时语。
院閑人静三春暮,遠鼎凭栏處,豪华卷枝舞,绿柳
拂思花并數,詩情满腹人嚐佇。

时在己亥年晚春四月韩国栋书于墨巴斋

五言二首

题首届尼山书院暨乡村儒学骨干培训班

日月钟尼泗,
灵山育圣贤。
世间睎孔孟,
德道继之绵。
仁义礼智信,
传承恒久宣。
乡村兴儒学,
华夏谱新篇。

* 2014年7月9－11日,在泗水尼山圣源书院举办山东尼山书院暨乡村儒学骨干培训班有感。

培训偶得

花落花又开，
似是故人来。
白鹅戏碧水，
书屋掩双梅。
工学无止境，
人生几徘徊。
育有书卷气，
心阔境自开。

*2016年3月29–31日，在中央文化管理干部学院参加文化部公共文化重点改革任务培训。想起一句，就想补成一首，强迫症是也。

七言十六首

全国基层文化江山会议即思

一

江南美景旧曾谙,

烟雨空蒙满江天。

会期不惜路途远,

风景如画不羡仙。

晚间信步游江畔,

须江春水凝如烟。

小城净地重文化,

幸福和谐伴永年。

二

(观江山廿八都镇基层文化)

风雨江山廿八都,

文苑诗情

> 金戈铁马壮心图。
> 千年古镇人如织，
> 古道依稀天地殊。

*2014年5月29日，赴浙江江山参加基层文化建设经验交流会，经历了很多人生的第一次：第一次从北京南苑机场乘坐飞机；第一次到有"千年古道，锦绣江山"美称的浙江衢州江山市；第一次以公共文化处人员的身份，参加文化部会议；第一次辗转两天路程，开了一天的会议。所幸，彼时济南、北京气温均达38度，而江山22－25度。

廿八都镇地处浙、闽、赣三省边界，交通便利，205国道穿镇而过。镇辖面积66.7平方公里，10876人口。与周庄、同里、乌镇等著名古镇相比，它依然是藏在深山人未识。它和那些江南水乡古镇有着截然不同的风格，甚至带有几分神秘。

1100多年前，黄巢挥戈南下，在浙、闽之间的崇山峻岭中开辟了一条仙霞古道，从此四周关隘拱立、大山重围的廿八都成了历代屯兵扎营之所，兵家必争之地。最初主要是军事功能的千年古道到了清代逐渐成为商旅要道，溯钱塘江而上的船只装载着来自江、浙的布匹、日用百货到江山的清湖码头靠岸，然后转陆路，由挑夫肩头的扁担挑往闽、赣。

从闽、赣来的土特产也要到清湖装船运往金衢沪杭各地。廿八都作为过往货物中转的一个必经的交通枢纽，迅速成为三省边境最繁华的商埠。鼎盛时期，商行店铺、饭馆客栈布满了整条鹅卵石铺就的大街，日行肩夫，夜歇客商，每天南来北往，熙熙攘攘，富足热闹了数百年之久。

赴京参加图书馆年会有感

京邑十月天旷爽,

雾霾四面独彷徨。

千人齐聚图年会,

万里休辞路漫长。

逆乱自然无可恕,

愧对子孙难乘凉。

众人皆说都城好,

我等只期早还乡。

* 2014 年 10 月 9 – 11 日,在京参加中国图书馆年会,其时雾霾重重,似铁幕四围,我想这都是破坏自然环境而导致的恶果。亡羊补牢,犹未晚也。10 月 10 日晚于北京。

赴青参加尼山书院集中揭牌式

冬日暖阳半染天,

远方山色绕云烟。

心怀愉悦车轮轻,

一路畅通青济连。

文脉传承有新举,

岛城市县建书院。

最是书香能传世,

儒家思想恒久延。

* 2014 年 12 月 24 日草于青岛图书馆。

题尼山书院师资培训班

香槐四月挂繁枝,

鸣鹊朝霞映满池。

风景无边觅佳句,

春风千里好翻书。

儒家思想长流布,

尼泗光华念照兹。

文脉传承匹夫责,

未曾懈怠缘居卑。

＊2015年4月13–30日,在山大高等儒学研究院举办2期尼山书院师资培训班,6月举办2期,共培训300多人,为全省尼山书院和社区儒学、乡村儒学讲堂提升储备师资力量。

评估途中

窗外枝繁自成荫,
远方云起绕山晨。
这边战友新将别,
转瞬驱奔下一巡。
山城水边新馆立,
社区广场好颐身。
公共文化为公众,
百馆齐心同一神。

＊2015年7月5日上午,自五莲赶赴青岛文化馆评估途中所作。

春雨工程山东文化志愿者青海行

风骤天阴凉意幽,
西陲气象早知秋。
鲁青不觉千山邈,
文化为缘情谊留。
广场观众有雅兴,
百姓舞台展歌喉。
祁连山峻三江远,
志愿精神耀九州。

* 2015 年 8 月 13 日,青海西宁,春雨工程山东文化志愿者青海行——大舞台群众艺术巡演启动式暨首场演出。

威海会议掠影

旭日东升青嶂旁，
山光如画涌前堂。
鸟鸣空翠惊秋叶，
梦伴涛声当故乡。
石岛渔湾帆矗立，
碧波微漾几鸥翔。
数字文化传共享，
万里海疆继书香。

* 2015年11月16-18日，全国万里边疆数字文化长廊建设经验交流会在威海召开，推广山东威海之经验。

题 2015 广州中国图书馆年会

南国风光绿绵长，

枝枝叶叶映天光。

江南虽好冬窗冷，

异客归心向北方。

一度一年襄盛会，

万家千馆溢书香。

为官一任不为民，

何如回家谋稻粱。

* 2015 年 12 月 15 - 18 日，中国图书馆年会在广州召开，主题：图书馆——社会进步的力量。我省的海疆数字文化长廊建设和盲人数字图书馆建设引人注目。

题孟子公开课备课会

阳春三月春方浓,

千里京都一梦行。

垂柳绿随平野盛,

玉兰白逐雪花清。

莘莘学子青春迎,

闪闪霓虹歌舞庆。

红果园中聚大儒,

遄飞逸兴论亚圣。

*2016年3月19-20上午,北京交通大学红果园宾馆二楼会议室,尼山书院孟子公开课备课会,与会学者有牟钟鉴、姜广辉、龚鹏程、颜世安等,省政协原副主席王志民先生主持。

赴临沂调研文化扶贫

朗朗沂洲三月天,

麦田翻浪绿如毡。

遥望山色悄然艳,

静踏河堤柳带烟。

沂水清清映天碧,

山村扶贫正酣然。

一支赞咏英雄曲,

至今萦绕蒙水边。

* 2016年3月23日,在临沂及郯城、兰陵调研贫困村文化精准扶贫进展。

凤凰古村调研

向西急雨向东昏，
半日驱车到海屯。
自古出门常伴雨，
从来乡近怯心蕴。
青铺田野青纱帐，
凤舞朝阳凤凰村。
美丽乡村美丽梦，
传统村落传统魂。

*2016年8月19日早，济南大到暴雨，冒雨乘动车赶赴即墨，陪同省民俗学会刘会长对中国传统村落——金口镇凤凰村进行现场调研。

初春（阳明学公开课备课会）

素面玉兰簇连翘，
绿萌柳岸入云霄。
初春乍到花铺地，
壮岁将零柳折腰。
吾道光明晖映月，
春光明媚燕还巢。
旧朋相对一杯酒，
折柳何须在灞桥。

* 2017 年 3 月 19 日，北京交通大学红果园宾馆，尼山书院王阳明公开课备课会成功召开，感谢来自各高校、科研机构的诸位专家学者。

题朱子公开课备课会

一朝醒起韶光迎,

绿满枝头思绪轻。

闻罢诸家论朱子,

身忘营苟意澄明。

*2018年5月27日上午,北京交通大学红果园二楼会议室,尼山书院国学公开课第四系列——朱子公开课备课会成功举行。陈来、王志民等教授出席。

文化志愿者赴青海刚察

文化志愿刚察行，
一时急雨一时晴。
此城海拔三千许，
天地苍茫人为英。
汉藏两家风俗异，
艺文为介意相倾。
他乡相遇亦为友，
天下同牵齐鲁情。

＊8月16日，山东省文化志愿者艺术团赴2000公里以外的青海刚察县演出，接待我们的王巍副县长为茌平县援青干部，正如在西宁遇到的唐传营主任，在海晏遇到的郐书记、王县长分别为省发改委、临沂援青干部，他乡遇老乡，格外亲切。虽初次谋面，却同根情切。为山东老乡感到自豪，祝福他们。

题尼山书院孔子公开课

五月春深花事迟,
蔷薇院外扑檐香。
两堤垂柳依湖近,
一面烟云伴日长。
尼山书院传大义,
明湖水畔漫书香。
经典重读有新意,
文脉传承谱华章。

*某日路边漫步,已是暮春时候,大多花已落,唯见蔷薇满墙兀自开放,香气四溢。想起正在大明湖南岸省图尼山书院举办的孔子公开课,课程精彩犹如朵朵鲜花,带来精神的芬芳。是以记之。

曲阜尼山书院门前听赵法生教授讲儒学

书院门前听儒学,
醉心经典觅精神。
诗书传世渊源久,
古木参天根叶新。

词二首

蝶恋花·大明湖尼山书院

庭院深深深几许？柳叶含烟，碧浪摇春渚。岸上春花抱香处，学堂传诵古时语。

院闲人静三春暮。远处凭栏，处处花枝舞。绿柳拂思花无数，诗情满腹人踌伫。

* 草于 2016 年 3 月 4 日。

浣溪沙·荣成边防书屋

天朗日清云绕萦,鸡鸣岛上听鸡鸣。海天一色碧无声。
海草房前群鹭集,石岛港里万帆升。书香漫漫鱼水情。

* 2018 年 8 月 31 日,陪同省边防总队领导调研荣成海疆数字文化长廊。第二日为开海之日。

第三辑

缅怀追忆

踏青時節春思萠山色初
藴訪輕晴鵲華烟雲隨雨
住明湖楊柳伴春生江山
千古尌常綠碧澗水清神
自明家國霓霓景烟似根
源何不盡鄉情

清明逑懷劉顯晉句己亥春瀠頣平國株書

七言八首

腊月初九忆母亲

西顾黄昏夕阳落,
青茔枯草暮中歌。
仪容犹在梦中见,
音信杳茫心里过。
千里情思两行泪,
百年孤独奈之何。
苦难历尽烟云去,
难为愁思付山阿。

*2014年阴历腊月初九为母亲去世一周年祭日,谨以拙诗悼念母亲。天堂没有愁事,愿母亲安息。

遥记北大86政治学同学入学30年

卅载同窗思重聚，
百年老校又逢春。
勺园菡萏池边柳，
湖映塔影画里人。
曲径通幽寻美景，
青山碧水伴昏晨。
逝川如故若云汉，
燕园精神永日新。

* 草于2015年12月31日。

悼念母亲逝世二周年

北风号怒天上来,

人事天时日相催。

老树枯藤渐凋敝,

晴天丽日鸟啼哀。

默言无语心中念,

百遍千回恨难裁。

一世功名终化土,

千秋清明掬香灰。

* 2015 年腊月初九,即墨老家纪念母亲逝世二周年。

纪念韩乃桂老师

耕读书堂远俗尘,
华年叹逝去凡身。
腹怀经术惊绝唱,
天妒英才忆故人。
笑貌音容恍如昨,
春华秋实亦因循。
偶然回乡寻旧迹,
只见东崂不见亲。

*2016年8月21日,韩老师仙逝三周年。在杜绍芬老师、韩国栋老师、张英老师数位的辛苦努力下,韩乃桂老师文集首发暨"即墨走笔"书画展于此日开幕,这是对老师最好的纪念,也是传承文脉、继往开来的良好机缘。

丁酉清明节

风起杏花又清明，
绿荫丛里掩长亭。
醒枝花鬓秋千舞，
寒食冷灶别思泠。
春雨纷纷人寂寞，
落英处处影伶仃。
今生有酒须当醉，
一滴何曾到府冥。

* 2017 年 4 月 4 日，丁酉年清明节，草于紫麟阁。

忆北大同学

感念同窗三十年,
千山万水隔云烟。
不甘庸碌为尘芥,
愿做鲲鹏飞九天。
壮志依然思再春,
豪情无绊忆当年。
时光如水华年逝,
相逢一笑山水连。

* 1986 年入校,至今已逾三十年,当年的豪情满怀是否还留于记忆?如今同学们各自忙碌在不同的地域,不同的工作岗位,我也早已年届不惑,直奔知天命之年,对人对事多了很多淡泊安然。唯有记忆中当年的青春是那么美好,一如未名湖畔的绿柳清波。

清明（伤逝）

数日春寒渐满川，
不知翠柳已凝烟。
明湖楼畔人如织，
青冢山间草更芊。
寒食冷餐不动火，
细雨狂风难成眠。
人间四月芳菲尽，
天堂此时谁挂牵？

＊2018年4月5日清明节，悼念逝去的亲人。

清　明

踏青时节春思萌，
山色初苏访轻晴。
鹊华烟云随雨住，
明湖杨柳伴春生。
江山千古树常绿，
碧涧水清神自明。
家国处处景相似，
根源何系尽乡情。

词三首

长相思·重阳忆母亲

今重阳,又重阳,长空望断雁几行。何处是归乡?
秋风凉,菊花黄,年年此时登高望,谁与诉衷肠?

﹡2016年重阳节。

鹧鸪天·悼母亲逝世三周年

四野凋敝又腊九,枯枝寒鹊一襟愁。日夜相思怕孤梦,天地同悲奠三周。

山不老,绿丝幽,此情恰似水东流。纵使千山难阻隔,思念又上几重楼。

* 2016年农历腊月初九,悼念母亲逝世三周年。

鹧鸪天·清明

　　花落絮飞又清明,千里梦断青山茔。风吹细柳明月夜,思归故乡满别情。

　　花遍地,草渐青,几回思断魂梦醒。人间四月芳菲尽,琼楼玉宇不胜清。

*2016年4月4日,清明节值班,不能回老家祭拜已逝亲人,千里之外追思遥拜。

杂诗一首

即墨二中求学记

少小离家赴二中,
告别双亲与弟兄。
不畏路远和艰辛,
怀揣美丽求学梦。
清晨五点跑早操,
常伴月亮与星星。
操场一时尘埃起,
汗水和泥有土腥。
早操跑罢意未尽,
课堂传来读书声。
窗外风景何关我,
晨曦初起伴鸡鸣。
课程一节连一节,
课间宝贵十分钟。
晚饭后有晚自习,
室内寂静校园空。

那时伙食可谓差,

汤羹如水缺油腥。

师傅炒勺似铁锨,

跨上锅台直搅动。

远望群山貌依旧,

窝头如伞入嘴生。

枣行①百姓应谢我,

肥猪头头有吾功。

晚间栖息大通铺,

欢声笑语苦中情。

你拥我挤打通腿,

虱子跳蚤逐人蹦。

忆昔晚上熄灯前,

排队撒尿校长熊。

最愁冬晨洗漱时,

笼头无水盆结冰。

犹忆校南小树林,

懵懂男女结伴行。

学业枯燥历艰辛,

心存浪漫苦成空。

最是难忘恩师情,

---

① 枣行,原即墨二中驻地为原即墨县店集镇枣行村。

青春年华献二中。

含辛茹苦伴成长,

粉沫飞染白发生。

人生不过百年长,

卅年相聚眼眶红。

一句同学心里暖,

多少苦乐不言中。

朱颜辞镜貌依稀,

二中话题大家同。

青山不改人长在,

与君相约盼重逢!

* 2016 年 10 月 27 日,草于安徽铜陵,11 月 18 日改于济南。纪念即墨二中 86 文班毕业三十周年。

第四辑

乡愁乡思

蝶恋花·如春

春來風景却依舊,庭院深深春光滿。袖捲春光日曛,曉危樓正是一年好時候。

河中泉水听上枷。敢問繁華何事也不休。獨立橋邊望遠岫,綿綿不盡是鄉愁。

五言一首

乡愁之老家小院

孤嶂托明月,
鸟归人静寞。
街灯初上时,
笑语满村落。
此景何相同,
况味已非昨。
亲人渐远别,
世事何蹉跎。

七言七首

乡　愁

高铁疾驰大地间，
千里济青半天还。
想来老圃刈新麦，
满目金黄又熟年。
自小离家老大回，
谁家犬吠伴孤眠。
青年进城留老少，
梦里乡愁似炊烟。

＊2014年6月4日，乘坐高铁回青岛有感。

归途偶感

春风浩荡车轮疾,
绿意盎然心意趋。
树掩乡村恍惚现,
雾披远岫乍看无。
平野小麦青匝地,
千载功名茶一壶。
五月美景天下同,
唯愿春色满前途。

＊2015年五一劳动节回青岛途中所见所感。

望 乡

崂山不高有灵气,
大海无垠心魄深。
碧海蓝天人境近,
红墙绿树古城阴。
走遍天下家最好,
梦里耳边绕乡音。
桃坞仙居何处是,
近在眼前不需寻。

*2015年7月5日下午,抵青岛进行文化馆评估。

归乡偶思

天边白云知谁裁,
门外芙蓉开嫣然。
燕子低徊求好雨,
田间满绿盼丰年。
云低山近青欲滴,
海阔天高境似仙。
风景这边犹独好,
绿肥山野白满川。

* 2015 年 7 月 18 日回老家,19 日返程草成。

十月一日归乡

草低云涌风飒飒,
气爽天高秋浩浩。
鸿雁阵阵北国土,
归心切切东海岛。
揽尽胜景心难驻,
走遍天下家最好。
唯愿此间一茅屋,
青山碧水相伴老。

*2015年10月1日,回老家休假途中。

冬日老家

蓝天白云山气佳，
围炉暖炕煮红茶。
腊八已过春意近，
鸿雁欲归发新芽。
温泉老酒怀故土，
青山碧水恋贫家。
东方既晓征途远，
天际流云映彩霞。

* 2016 年 1 月 21 日，自老家休假数日返程。

归

料峭春寒云淡低，
萧疏山野暮阴稀。
千条万路异乡客，
雪尽心随雁北飞。
回首乡关何处是，
白云遮断海边晖。
青山残照水烟寂，
海畔斜阳盼旅归。

* 2018年2月14日，大年二十九，自济青南线回即墨老家，第一次试用定速巡航，四个半小时点到点，比往常快半小时。祝各位朋友归程顺利！

词一首

蝶恋花·初春

春来风景还依旧，庭院深深，有暗香盈袖。花暖日曛依户牖，正是一年好时候。

池中清泉河上柳，敢问繁芜，何事操劳久？独立桥边望远岫，乡愁绵绵醇如酒。

*2015年3月27日，阴历二月初八。

第五辑

江山多娇

时有闲云生苍岭
随晚晖映照
散来日暮对归春风
飞四边烧形吹消长
凝湖边人何处
伊篆题世句

韩国栋 书法作品
120cm×70cm

烟波渺渺晴光蕩漾豆澄明四濠清微風乍起林木動大潮初退石影生人間淺景永恒丘壑上圓月依舊明誰解青山終不老綿綿不盡是真情

韩国栋 书法作品
131cm×59.5cm

五言六首

临 朐

草长莺飞日，
石门花木繁。
携朋来华艺，
故友聚春暄。
傅君才华溢，
神工刻乾坤。
微言有真意，
共铸华夏魂。

* 2014年5月25日，与二郎、桦楠、刘楠、国祥诸兄弟再到临朐华艺参观学习，留诗纪念。注：石门，指临朐石门山景区；华艺，指山东临朐华艺雕塑有限公司。傅君，华艺董事长傅绍相。

观贺兰山岩画

北望贺兰山,

山名缘词巨。

西川边塞行,

行走即读旅。

作者今何方,

岩画永传贮。

万物皆寂寞,

唯有石能语。

* 2014 年 6 月 19 日,到宁夏对接春雨工程之事,工作间隙学习观摩贺兰山岩画有感。

秋思（重阳节夜登泰山）

重阳登岱顶，

不畏路途难。

心向灵山近，

梦随云海宽。

天街灯初上，

半月空中寒。

皇帝数封禅，

国泰佑民安。

* 2014年10月2日为农历九九重阳节，听从孩子建议，一家三口下午三点抵达泰山脚下，开始攀登泰山，晚七点半爬上南天门。此为首次徒步登泰山，是以记之。2014年10月2日于泰山顶宾馆。

寻梦采石矶

江南细雨霏，
我亦来采石。
踏上林荫道，
来寻谪仙迹。
幽居曲径通，
万竹路边碧。
竹影婆娑时，
相随伴日夕。
翠螺山之阴，
元是青莲客。
枫叶红如血，
芭蕉入诗魄。
他年定携酒，
共饮诗仙宅。
斗酒诗满江，
亦为太白惜。

*2017年12月3日于采石矶。有感于李白对江月饮酒吟诗，终酒醉而跳江捉月，空留衣冠冢于此。

山村秋夜

山村秋夜凉，
人静促织忙。
倚柱看星月，
空街灯影长。
林森沉远黛，
雾白抹山岗。
星落渡河汉，
天涯共末光。

* 2018 年 10 月 5 日，草于返程路上。

大明湖南岸观落花

时有闲花落，
暗香随晚晖。
形消神未散，
来日焕芳菲。
鸟恋湖边树，
风吹柳絮飞。
四月春将暮，
伊人何不归？

七言四十六首

游惠山古镇有感

斜日青山古镇悠,
阳春三月下吴州。
云帆烟棹好风景,
物是人非点点愁。

* 2014年3月25日下午,会议之余,于傍晚时分参观国保单位惠山古镇,心生感慨。

即墨古城

五四广场思五四,
田横岛上忆田横。
火牛陷阵英雄剑,
壮志难酬愧领兵。
齐国东方无郡县,
千年古镇即墨英。
老酒酿就千秋梦,
碧海仍思壮士名。

＊2014 年 6 月 5 日,在青岛至威海高速上草就。

金口古镇

我的老家在金口,
绿树红檐思意悠。
北客南商鞍铃响,
桅帆风动百千舟。
当年德士有先见,
五龙莲阴淤清流①。
金口玉芽负盛名,
北辛文化炳千秋。

* 2014 年 6 月 5 日,在青威高速上草就。

---

① 金口港于明天启年间开埠,日渐昌盛。后由于上游五龙河、莲阴河均在即墨金口以东入黄海丁字湾,含沙而下,丁字湾日渐淤积,终葬送金口港的数百年繁华。据说,德国人在考察青岛港之前先考察了金口港,因以上原因而放弃。

温泉镇

波环半岛出北湾,
海涌鳌山捧玉泉。
满眼翠微芙蓉艳,
山清水秀自天然。
农家小院烹海鲜,
老酒热上香眼前。
同学相逢情意长,
清茶一盏不需眠。

* 2014 年 6 月 26 日草就。

夏游大峰山

友朋相约向山冲,
叠嶂层峦寻大峰。
道观掩映半山藏,
森林苍翠万年松。
山泉飞瀑遗清响,
老树深山访旧踪。
踏遍青山人未老,
传颂千古盛名重。

* 草于2014年夏日。据说,大峰山是齐长城的发源之地,未经考证。

紫麟阁秋题

远望群嶂千层黛,

闲坐半晌一盏茶。

紫麟福瑞降众阁,

西天祥云送明霞。

弯弯曲径通幽陌,

绿上云亭望万家。

福地仙居何处是,

入归宁静出繁华。

*2014年10月23日,霜降,想起与思佐等在新居喝茶闲聊之事。写于烟台海滨。

秋日重回京城有感

重返京华十月中,
风光不与那时同。
无边蓝海映红日,
灿灿金槐沐晚风。
路上相逢含笑靥,
心神一洗水长东。
唯思雾霾不重返,
天人和谐百姓丰。

*10月27日,因公重到京城,其时白云蓝天,风和日丽,与前些日来时的雾霾密布大不相同,是以记之。

大乳山景区秋题

乳山高耸东海陲，

烟雾浩茫山水围。

岸口亲人望帆远，

门前忠犬待人归。

漫空朝日红霞起，

万里海天鸥鹭飞。

何处乘舟寻武陵，

桃花源里不思归。

* 2014 年秋忆大乳山。

黄河入海口冬日

青藏高原雪源头,
曲折奔腾到此休。
河海交流添丽色,
蒲苇摇曳三角洲。
长空青碧无霾迹,
海阔天高任鸟游。
千里平原起新邑,
中华梦想斥方遒。

*2014年12月3日,参加东营培训班间隙,傍晚到黄河入海口,观文化旅游项目,看蒲苇密布,河海交汇,海鸟或徜徉水面,或结伴群飞,天空冷蓝,虽处寒冷之地,心却温暖,因有此诗。

怀 柔

之一

偏安蓟城山南麓,
不比京都拥堵时。
好友相携冰上走,
群鹨结伴岸边嬉。
暖阳普照氤氲聚,
气象雄浑山水垂。
城市发展当回首,
田园现代两相宜。

* 写于2014年冬日。

之二

车船劳顿走怀柔,
初上华灯添客愁。

飞雁红螺今可在,

徒留空名思悠悠。

寒林疏影映霜月,

鸿雁南归志未酬。

冬去春来又一年,

雁归来兮盼来秋。

* 2015 年 1 月 19 日,从济南西至北京南站后奔赴怀柔开会,傍晚途径红螺园、雁栖湖,有所思,是以记之。

紫麟阁即思

户外青山楼外楼，
山间曲径远通幽。
紫鳞为名阁高耸，
万户暮归灯影稠。
高山景行人仰止，
时代云涌立潮头。
寄身山野无人识，
大路宽阔通九州。

＊2015年6月15日草成。

忆海边美景

烟波浩渺晴光艳,

万里澄明四海清。

微风乍起林木动,

大潮初退石影生。

人间美景永恒在,

海上圆月依旧明。

谁解青山终不老,

绵绵不尽是真情。

* 2015 年 6 月 26 日下班读诗,想念大海。

即墨一晚

琴瑟悠扬听京韵,
故交相聚话乡音。
华灯璀璨水桥畔,
墨河情深流古今。
日暮烹茶老同志,
意兴盎盎故人心。
老家门外芙蓉树,
粉嫩花枝初绽荫。

* 2015 年 7 月 5 日晚,文化馆评估期间宿老家即墨,与中学老师万太飞部长、兰杰局长喝茶聊天。"老同志",为万老师一朋友所开茶馆的名字。

海　阳

海天苍莽泛舟行，
飞架长桥跨凤城。
最是苫条不知趣，
每逢此刻自横生。
至今犹忆地雷战，
抗日硝烟扬威名。
烽火散去秧歌舞，
青山碧水海阳城。

* 2015 年 7 月 6 日晚，于海阳凤城。

蓬 莱

蓬莱美景四海传,
车马辛劳无暇看。
清律戒规知长乐,
八仙过海颂福安。
三仙山小含灵气,
蓬莱阁微蕴大观。
人世仙都知何处,
身临其境伴仙鸾。

* 2015 年 7 月 7 日晚,文化馆评估期间宿蓬莱有感。

莱　山

百馆评估到莱山，
偷闲半晌意翩翩。
万顷碧波泛轻舟，
十里波涛接海天。
偶有轻风微雨近，
高台极目远山连。
何来傍海依山屋，
不羡神来不羡仙。

＊2015年7月9日，烟台莱山文化馆评估间隙望海有感。

荣成记忆

波涛汹涌好望角，
山海相望无尽头。
昔日秦皇登览处，
碧波依旧伴群鸥。
天涯海角云缭绕，
天宝物华民自悠。
犹忆海草建为房，
更羡天鹅舞沙洲。

*2015年7月10日，威海至荣成途中草就。之前来过几次，所忆所思。

途中偶作

霞蔚云蒸夜渐消,
东方初晓云俦侣。
路边幽鸟嘤嘤啼,
车内寂然引诗绪。
车马劳疲何所为,
文化惠民赴行旅。
位卑未敢有松懈,
九万里天鹏正举。

*2015年夏日,应邀去日照讲授现代公共文化服务体系建设,有感。

晚宿惠州

西湖波碧泛轻舟,
柳绿风和拂面柔。
一路不辞劳顿苦,
山清水秀入惠州。
花香鸟语春归晚,
泗洲塔边暮色留。
山月微澜徜徉处,
佳人才子几春秋?

*2015年9月13日下午,随国家评估组从深圳抵达惠州市,入住惠州西湖之畔的惠州宾馆。惠州历史文化悠久,苏轼曾在此居住两年多,留下"一更山吞月,玉塔卧微澜"的诗句。其妾亦长眠于此地。

风 景

万里长空云作絮,
碧波微漾海连天。
云蒸霞蔚气凝紫,
岚影波光水带烟。
海鸟翻飞风浪里,
鲜果掩映密林巅。
此间风景无穷好,
胜却名山看人肩。

*2015年10月2日清晨,即墨至烟台高速途中。

武河湿地秋色

万倾湿地出红日,
千里雾开掠秋光。
蒲苇掩映人语细,
水鸥惊起入荷塘。
秋风逐劲溪愈翠,
满目苍苍渐作黄。
心静身轻尘世绝,
犹疑所处是仙乡。

* 2015年10月17日,大雾过后,观位于罗庄黄山镇国内最大的人工湿地——占地2万余亩的武河湿地。

蒙山沂水

蒙山山秀添雄丽,
沂水水长蕴深情。
山里民歌雄声壮,
孟良战斗显威名。
红嫂乳汁壮士血,
小米推车敌寇惊。
英武人民英烈地,
红色文化万年荣。

* 2015 年 10 月 21 日于临沂。

温泉故地

温泉故地喜重游,
物是人非事未休。
山静林疏依旧在,
雁归南浦水东流。
层峦极目承天泰,
映日小楼思意悠。
天宝物华桑梓地,
五湖游子赤心留。

* 2016 年 1 月 19 日,写于即墨温泉镇。

大年初二登钱谷山

蓝天澄澈春光暖,

钱谷遥看笼翠烟。

路险山高不畏难,

景明境阔岭之巅。

三山环抱多福地,

两岸相连望海天。

松柏长青傲群树,

海河平远万帆悬。

*2016年正月初二上午,全家登村南钱谷山庆年。

初春登千佛山

千佛山中千层树,
万佛洞里万重光。
佛光映日霞无际,
极目望归雁几行。
拂面不寒春乍暖,
迎春酝酿满枝黄。
闲来拾级登高处,
直把他乡作故乡。

* 2016 年 2 月 28 日,正月廿一,小女开学前日,全家登千佛山。居高望远,泉城景色尽入眼底,美丽而亲切。1990 至今栖居此地 26 载,他乡已是故乡。

海边遐思

鸟语花香四月天，
海平波细水潺潺。
玲珑海岸万花簇，
苍渺天陲一叶闲。
最羡枝头双宿鸟，
常展翅翼水云间。
何当归隐清幽地，
竹院瓜棚望南山。

* 2016 年 4 月 22 日，漫步于烟台东山海边。

京城五月

天高晴好五月风,
枝举叶掀绿葱茏。
雨后京城如水碧,
天边归雁带长虹。
田间铺绿盈双目,
燕子归巢念旧桐。
鸿伴霞飞夕阳落,
酒浇离恨玉觞空。

＊2016年5月中旬,参加烟台国家级公共文化服务示范区赴京答辩,晚与老乡小酌。

题十笏园博物馆

春光明媚何由遇，
十笏园中闲信步。
庭院深深深几许，
海棠翠竹芙蓉树。
堂前池碧鱼嬉莲，
窗外柳深读诗赋。
自古传家赖忠厚，
向来继世非纨绔。
廿二院落各精奇，
百岁沧桑风物足。
天地和谐羡古人，
水泥楼畔徒留慕。

*2016年6月13日，陪同广西自治区文化厅原党组副书记、副厅长顾航一行考察博物馆建设。

青州古城

名列禹贡古郡中,
一统天下九州东。
合分割据旌旗烈,
千载繁华追旧梦。
海岱都城今可在?
新铺石板水泥丛。
寿山神在雪蓑子,
犹入云门缥缈中。

* 2016 年 6 月 15 日,草于青州至济南动车上。

明湖南岸小景

公开课后岸边走,
鱼戏莲间柳色柔。
绿水蓝天湖色好,
小荷才露嫩尖头。
歌声婉转动飞鸟,
荷面青青觅钓舟。
湖畔看花留恋处,
乾隆信步自悠游。

＊2016年6月25日,周六上午尼山书院孟子公开课后大明湖南岸闲走观景偶得。

宽沟一日

宽沟山光展秀姿，
园中繁蕊齐开迟。
同乡师长早相约，
山北山南柳色随。
言语虽多总嫌少，
相逢再久自有时。
青山碧水有时尽，
深厚情缘无绝期。

＊2016年7月2日上午，从位于怀柔凤凰山北的宽沟招待所依依告别北大政治学同班同学们，到山南的韩老师、张老师居所，把盏畅叙共用午餐后，又与老师作别。可谓一日两聚散，深情长相依。

威海夜景

昨宵海岸灯如昼，
泳客喧嚣似夜市。
习习海风吹发飘，
丝丝凉意掠心里。
诗书作枕平思绪，
涛涌伴眠入梦止。
今晚济南热若何，
树荫蒲扇说风起。

* 2016年7月25日晚，入住威海山大国际交流中心，参加文化部培训基地会。

海边晚景

碧水金滩海战场,
忆思甲午足徜徉。
静听松柏送风急,
坐看微波动夕阳。
游客浅滩戏水喧,
孩童远岸垒沙忙。
和平年代黎民福,
南海纷争不可忘。

* 2016 年 7 月 27 日傍晚,威海海边观景偶思。

登玛珈山

闲来携友登山去,
山下遥看天文台。
山色苍苍林翠茂,
繁花灿烂向天开。
三伏盛夏蝉鸣热,
春入山中独徘徊。
傍海依山佳景色,
仙人亦应此间来。

* 2016年7月29日,早饭后与山大艺术学院史书记登山大威海校区园内之玛咖山。

西夏王陵

西夏王陵贺兰秋，
帝王之气黯然收。
繁芜荒草埋幽径，
昔日繁华成土丘。
几处残垣彰旧盛，
一代王朝伴风休。
西域文化宋唐韵，
华夏同心一脉求。

* 草于 2016 年 9 月 12 日。

董子书院晨景

董子书院柳湖旁,
柳密湖清乐悠扬。
闲鸟几时鸣细叶,
丹心一片向朝阳。
仲舒连上三策论,
儒术独尊垂世长。
遥想当年持卷处,
可在深柳读书堂?

* 2016年9月27—29日,德州柳湖书院举办全省公共文化服务培训班,毗邻董子学院和董子读书台。正值孔子诞辰2567周年之际,遥想当年董子向汉武帝上书"天人三策",罢黜百家,独尊儒术,儒学始立正统,发扬光大,影响至今。董子对儒学的推广弘扬,可谓居功至伟。

灵山岛

海蓝天碧倍澄明，
浪卷鸥飞伴客行。
秋水长天共一色，
灵山岛小负高名。
虎嘴含日背来石，
书屋溢香军旅情。
何日乘舟海天际，
腾波踏浪戏鱼鲸。

* 2018年9月2日上午，陪同省边防总队领导调研西海岸新区积米崖、灵山岛边防书屋，边防官兵服务群众的文化情怀令人感怀。积米崖书屋为所见面积最大、藏书最多（5000多册）、功能较齐全（配有十多台wifi覆盖的电脑）的边防书屋。灵山岛为北方海拔最高之岛，海拔513米，常住人口3000人。书屋藏书3000多册，文体广场700余平。9月6日凌晨草就。

古城初春

初春二月古城中，

吹面不寒运河风。

深巷修篁依旧绿，

满城灯笼耀眼红。

拱桥流水照明月，

欸乃乌篷映宇穹。

曾是硝烟烽火地，

江南江北盛名隆。

* 2019年2月24日记。网上数据，台儿庄古城2017年游客580万人次，居全省第一。

钱谷山南麓

道边白桦伴车行,
正月风暄海面平。
钱谷山深春孕育,
香客容凝意虔诚。
温承天地雄丽舞,
泉蕴山川紫气横。
天宝物华钟此地,
地灵人杰待后生。

* 钱谷山在我老家正南方约 2.5 公里处,据我所知是即墨境内海拔较高的山,山的正南方是大海,西南方即是温泉镇。每年回去我都会去爬山观海。是年正月初五,驱车与小女一起到山之南麓,这里为山之阳水之阴,三面环抱,地势平阔,风水极好。彼时风和日丽,海波不兴。山下低平处新建有小型庙宇,供奉胡三太爷,室外立有释迦牟尼佛、观音菩萨等大型塑像,偶有香客往来。与小女徜徉一会,捡拾些许松果而归。

春游红叶谷

驱车南山求古意,
通幽曲径伴潺湲。
锦绣川里水连水,
红叶谷外山望山。
空涧鸟鸣霜未染,
遍山花绽色正蛮。
远离尘世寻幽静,
偷得浮生半日闲。

入住烟台

轩窗极目望长天，
野外繁花始烂漫。
春至海滨稍觉迟，
海到尽处天为岸。
树头松果悄然落，
山里鸣鸠随后散。
但愿春来不复归，
四时长伴渤海畔。

* 2016 年 4 月 20 – 23 日，烟台东山，迎接文化部对烟台市创建国家公共文化服务示范区实地检查验收。

明湖美景

旖旎明湖澄似镜,
葱茏岸柳弄轻舟。
水天钟秀春为画,
庭院深幽香满楼。
莲叶乍动知鱼戏,
蜻蜓欲立见人休。
众人皆爱观天下,
美景谁珍眼底收。

* 2015 年 5 月 27 日,北京大兴会议期间忆大明湖美景。

微山湖即景

烟雨空蒙草色新,
远山含翠净无尘。
一湖静对舟翻浪,
两岸枝垂鸟近人。
湖岛谁家渔户住,
鸟飞烟起水波粼。
墙隈数枝开花树,
犹在静处留恋春。

＊2015 年 9 月 4 日,湖中即景。

微山湖夜景

眼前一幅山水画，
四周寂静听虫鸣。
闲烟晚照清凉夜，
渔舍灯残独自明。
晚泊渔船谁念迟，
惊扰异客梦难成。
水边屋角数枝莲，
摇曳风姿香暗盈。

* 2015 年 9 月 4 日，微山湖夜景。

追忆大峰山

菀菀柔丝拂面轻,
悠悠云朵如烟横。
鸟鸣山涧林愈静,
风动密树叶更生。
高处极目色秀丽,
谁人修筑齐长城。
国安民泰山河美,
海晏河清中国盛。

词二首

蝶恋花·登转山

春和景明三月暮,杨柳风轻,迎春漫山路。游子闲情徜徉处,绿蒙山径花千树。

西去斜阳迎日暮,门锁青山,何以留春住。满眼游丝花绽处,年年花语同谁诉。

*2015年3月29日,阴历二月初十,登紫麟阁小区转山有感。

木兰花·观海

海面初平天欲晚,风动帆摇君应返。茫茫天际望无涯,粼粼波光心自暖。

海鸥双飞知人愿,荆棘红果遥可羡。海石长伴默无言,千里婵娟长眷恋。

杂诗二首

远观青海湖

青海湖，晶莹蓝，
湖波荡漾接远天。
祥云白，挂天边，
湖天一色难分辨。

草青青，铺高原，
草原如毯连青山。
毡房旁，牛羊闲，
旁若无顾我家园。

*2015年8月14日，青海海晏县，演出返程途中远观而惊艳于青海湖及周边景象。

敦煌鸣沙山（月牙泉）

月泉阁，鸣沙山，
黄沙漫漫天无边。
白云近，蓝天远，
沙漠绿洲出清泉。
天地久，人生短，
且把听见换遇见。

*2015年6月21日于敦煌，按文化部要求对接春雨工程有关事。居处干燥，为沙漠绿洲。之后去参观莫高窟，心情不爽，因好东西都被英、法、美、日等掠夺去或超低价买去了，心中没有丝毫的诗意，只有愤怒。恨当时所谓弱国无外交，也失去了保存珍贵文物的权利。

第六辑

咏物寄兴

澄窻軒窗一鑒開风中细
柳舞征個桥边
远郊外三五里
烟田春五日暖
兩個春深日暖偶见
子翩飞息尔来

桃杏溪水思追
雪满台此去
归雁一
动燕

春天即景劉顯世句己亥岁暮春紫岫恆平国栋书

韩国栋 书法作品
64cm×136cm

混沌世間千載嘻萬里霜天一色
鏨白銀裝素裹扮黃葉癒雪
日幕虹彩誰人小樓弄靖笛雖
一曲風中來霧開霾散心愉
鼕音飛雪漫天舞徘徊

滴南初雪乙未冬劉顧晉
戊戌歲嶧堂韓國棟書

韩国栋　书法作品
134cm×48cm

五言八首

白玉兰

一花一世界，
一佛一天国。
高洁一身白，
一年一盛开。
洁来还洁去，
空遗葬花台。
春暖花开日，
年年为君来。

*2014 年 3 月 30 日初稿。

秋 思

八月小园中，
秋光胜春日。
桂花点点香，
归雁声声疾。
床上罗衾暖，
窗前斜雨密。
何堪梦幻中，
沉醉不思起。

* 2014 年 9 月 22 日草于淄博张店。

迎春花开

今岁春来早，
迎春次第开。
众人争伫看，
清赏阵香来。
小院树遮径，
不知是谁栽。
佳人拈花笑，
美景怎常在。

* 2015年春节尚未到来，而园中的迎春花兀自开放，送来春的消息，一年四季又一次开始新的轮换。

春暖花开

春暖迎春开,
蝶蜂戏花吟。
伊人岸边立,
柳色映泉新。
泉水何时涌,
杨枝几度春?
朱颜未辞镜,
惜取眼前人。

* 草于 2016 年 3 月 3 日。

秋　景

云天炎气敛，
草木蛩声隆。
细雨催花落，
山林日渐空。
果蔬堆院满，
柿子满枝红。
落日坠青嶂，
缺月挂疏桐。
人行犬时吠，
虫响静林中。
秋夜凉如水，
酒酣情更融。

* 2016 年国庆假期于即墨老家。

泉城首雪

冬雨凝雪至，
一夜北风寒。
小雪欺黄叶，
当约老酒酣。

* 2016 年 11 月 21 日晚至 22 日晨，济南飘起入冬以来首场雪，正好应 22 日小雪节气之景。

夏日小景

窗含半山翠,
夏有雨凉时。
云绕翠微润,
鸟共蛱蝶随。
晨与朝霭舞,
暮伴晚霞移。
人爱争头地,
海天知是谁?

* 2017 年 7 月 16 日,紫鳞阁。小雨。

咏玉兰

玉兰知春来,
小园独自开。
不作千娇媚,
只留一清白。

* 2018 年 3 月 27 日,于山东省图书馆。

七言二十二首

春日即景

庭院海棠花瓣雨,
幻身红楼葬花吟。
千娇百媚齐争艳,
一枝独秀难为春。
春华易逝叹流水,
容颜既老愁双鬓。
零落成泥化作尘,
唯有优雅风骨存。

*2015年3月31日,阴历二月十一,草于历下。

夏初好雨

好雨如期迎夏至,
蜗牛乘兴满墙爬。
甘霖正助清泉水,
趵突又开三朵花。
急雨洗绿湖岸柳,
清风荷动水中花。
佛山倒影增丽景,
湖色半城色添华。

*2015年6月29日草就。

夏日随感

无论春秋与冬夏,
忍看冷月和枯花。
蓝天碧海何宏丽,
小桥流水伴酒家。
青山不老依日月,
青春易逝叹年华。
人生虽短在过路,
精魄之花开典雅。

* 2015 年 7 月 16 日草就。

秋　思

清风习习暑风消，
秋雨阵阵凉夜稠。
绿叶渐黄清爽月，
长空日薄雁来秋。
思怀常恨短时聚，
宁静须向书里求。
节气应时如铁律，
信义不变若江流。

＊2015 年 8 月 31 日，中雨，感一场秋雨一场寒。

济南首雪

混沌世间千声喑,

万里霜天一袭白。

银装素裹扮黄叶,

云蔽日遮暗虹彩。

谁人小楼翻玉笛,

雅音一曲伴风来。

雾开霾散心愉悦,

飞雪漫天舞徘徊。

* 2015 年 11 月 24 日,济南第一场雪。

霾 伤

冬寒踏雪寻梅季,
花影雪踪皆渺茫。
千里霾封飞鸟绝,
百年难遇角弓藏。
天昏地暗雾霾影,
山隐云消日月光。
环保关天匹夫责,
还民柳畔碧云乡。

＊2016年1月3日,济南红色雾霾预警,是以记之。

雪 后

银装素裹仙人界，
碧水蓝天鹤故乡。
踏雪寻梅花影缈，
围炉烹雪瀹茶香。
大寒既过春期近，
鸿雁北望归志强。
雪后丽天心镜澈，
天晴气爽见曦光。

* 2016年1月23日，济南昨中到大雪，今阳光灿烂。

君子兰

数载孕育人不知,

只待今日竞开时。

君子生来无所有,

聊赠贺春花十枝。

* 办公室的君子兰养育数载,一直绿意盈盈无动静,今春灿然开放,且一开就是十枝,好兆头,诗以记之。草于 2016 年 3 月 14 日。

惜 春

千山万树一宵中，
姹紫嫣红满蕙风。
若是花香能醉客，
百杯千盏莫樽空。
春漫山野撩诗兴，
梦入汉唐怅孤鸿。
但使世间春长驻，
朱颜不改九州同。

* 2016 年 3 月 27 日，观花偶思。

观花偶思

花发心倾春意浓,

老枝红绿又春风。

年年岁岁花相似,

岁岁年年人不同。

只羡山林众花树,

一年一度醉春红。

不惧花叶终凋落,

春意又在蕴育中。

＊2016 年 4 月 8 日。

阳春四月

翠微满目白云曛,

四月天光依旧芬。

冷暖相宜春未老,

街头女子早着裙。

* 2016 年 4 月 15 日,泉城济南街头小景。

春天小景

澄寂轩窗一鉴开,
风中细柳舞徘徊。
桥边流水思追远,
楼外桃花香满台。
此去烟村三五里,
偶见归雁一两回。
春深日暖客心动,
燕子翩飞复尔来。

* 草于 2016 年 4 月,于临沂蓝海酒店。

六月雨

伏中好雨知人意,
驱散暑气换日凉。
小径枝条洗愈绿,
池边菡萏伴风香。
一声问候知情谊,
万种思愁归故乡。
来往奔波何敢误,
前程事业道绵长。

* 2016年6月23日,自东营返回济南高速上,恰逢喜雨涟涟,送来阵阵清凉。

初春(答辩前夜)

陋庐苦读日昏昏,
不觉陌头春渐深。
柳色轻盈往年绿,
桃花浅绽眼前粉。
草木千载还依旧,
人世一岁换一春。
桃李春风如约至,
江湖夜雨不留痕。

* 2017年3月11日晚,读改一天论文后于回家路151公交车上,翻看朋友圈,桃李春风,生机盎然。愿一切顺利!

蔷薇（之一）

转眼已是五月份，

街头春色去无痕。

不同桃李争新艳，

却在墙头守晚春。

诗情韶音思古韵，

疾风骤雨夜归人。

人生哪得常如意？

好雨春风涤心尘。

* 2017 年 5 月 8 日，白天晴天丽日，观赏蔷薇铺就一墙春色；傍晚疾风骤雨，匆忙驾车而归。

六月泉城雨

烟柳满城雨敲梦,
红褪绿残云绕缭。
趵突三涌承雨露,
黑虎一啸醉琼瑶。
老家旱气可曾解?
河底成田禾半焦。
别地雨倾成水涝,
此间皆诵云水谣。

*2017年6月22日,济南有雨,想起即墨老家旱情未解,心有挂念。

山居秋晚

云暗日残天已暝，
一时偷暇向山行。
山幽空旷悄无客，
只闻萧萧落叶声。
独羡山中好颜色，
姹紫嫣红胜春英。
红叶飒飒向秋晚，
相思更比红叶盈。

* 2017 年 11 月 12 日傍晚，登居所之南的转山、东山山体公园。

蔷薇（之二）

五月蔷薇满东墙，
蕊艳枝繁伴日长。
今日还如前日艳，
此花仍若彼花香。
年年岁岁春依旧，
岁岁年年心可仿？
学那蔷薇无择处，
绿肥红满丽春光。

＊2018年5月1日，想起去年写蔷薇之诗，而今蔷薇花开依旧，时空已变，留诗自勉。

夏日遐园

云霞雨后忘暑气，
遐园林间觅清幽。
几柄小荷出污泥，
数声蝉响在枝头。
春辞夏至修竹林，
性养德涵汇文楼。
古往来君应羡我，
书香墨气腹中留。

* 草于 2018 年 7 月 14 日，今日值班。上午在尼山书院听北大哲学系杨立华教授讲授朱子学公开课之第 3 讲：理——分殊的内涵及意义。细思到图书馆弹指间已 3 月有余。

秋夜山居

一星如月众星傍，
秋凉似水乱虫狂。
山村无籁白云过，
小巷流连柿子黄。
南浦岸边风摆叶，
东崂山北鸟鸣廊。
金黄之阳莲阴畔，
身心安处是故乡。

* 2018 年 10 月 4 日，即墨金口黄屯之秋夜小记。

玉兰花开

南风又绿河两岸,
玉兰满树知谁栽。
不须群芳有所觉,
我为花魁独自开。
从来无需绿叶扶,
高洁清雅一袭白。
待到春色满园圃,
月下花间等你来。

六月感怀

六月高热炎蒸日,
意态阑珊萧索时。
诗意何须恋芳草,
豪情满腹自相知。
登高怀远天无际,
回首往事志未疲。
人生只如舟上行,
乘风破浪会有期。

词二首

渔家傲·春景

春和日暖风景异。玉兰绽放花千蕊。群鸟翻飞花间戏。春天里,人满踌躇香盈袂。

清酒一杯思万里。豪情壮志从新计。嫩绿勃然春满地。君莫止,无边风景方伊始。

* 2015 年 3 月 21 日,农历二月二,俗称龙抬头,春光日暖,于办公室草成此词。

卜算子·春雪

野外路桥边,飞雪随花舞。已是阳春四月天,犹有冰和雨。冬日却无踪,待到春来遇。寒意侵天难度日,料峭怜农苦。

* 2015年4月13日济南城外春雪,城内下雨,寒冷。做不到四季如春,基本做到春如四季。

现代诗

初 见

那个已美幻成化石一般的爱情故事

两者虽未同生,却求同眠

不畏风雨,不惧艰险

相互执手,终换来双蝶飞舞翩跹

不必说什么长长远远

不必说什么海枯石烂

人生最动人的感觉

是那美丽的初见

*2014年4月19日,在中国科学院青岛艺术研究院观看动漫故事片《化蝶》,讲述的是两只蝴蝶从幼虫时期就谈恋爱,经历了风雨雷电等各种艰险甚至生命的危险,终于走到了一起,幻化成两只美丽的蝴蝶,翩翩起舞。整个片子配以梁祝小提琴曲,优美至极,甚为感人。想不到动物界的梁祝版也如此感人。4月30日草稿。

后记：诗情画意伴此生

　　诗词是中华优秀传统文化的瑰宝，在唐宋期间达到顶峰。历来为人们广泛传诵。李白、杜甫、苏轼等诗词大家的千古名篇，灿若星辰，至今仍光耀夺目。

　　我自北大求学期间即喜欢诗词，但仅限于诵读部分篇章。当时朦胧诗兴起一时，北岛、顾城、舒婷等知名作家影响很大。大学里还流行一本《未名诗集》，白皮黑字，装帧虽不华丽，但内容丰厚，其中收集的即是朦胧诗的代表作。有一句"卑鄙是卑鄙者的通行证，高尚是高尚者的墓志铭"（北岛《回答》）至今还记得。

　　工作后偶然的机会开始了诗词写作。记得当时是2014年3月，自外地出差回来，正值宿舍院内海棠花怒放，花香扑鼻，落英缤纷，仿佛进入童话世界，一下子燃起了诗情。自此到2018年，断断续续写了约200首诗词，这本册子收集了190余首，基本是自己日常生活的所感、所思、所悟，记载当时片刻的怦然心动，带有日志的性质。喜欢读写诗词，一是因为其简约凝练，或五言、或七言短短数语，即可表达一种心境，一种感悟。二是有律动的美感。古代人写诗词，多可以歌唱，由于押韵而具有音乐的美感，有的词一经完成酒坊歌肆即争相传唱，一时红遍大江南北。三是有意境，能阐发文字之外的意犹未尽。

譬如，"大漠孤烟直，长河落日圆"的壮阔，"岱宗夫如何，齐鲁青未了"的俊美，"念天地之悠悠，独怆然而涕下""江畔何人初见月，江月何年初照人"的历史苍茫，"最是人间留不住，朱颜辞镜花辞树"的无奈，"月上柳梢头，人约黄昏后"的浪漫，"庄生晓梦迷蝴蝶，望帝春心托杜鹃"的梦幻，"忽见陌头杨柳色，悔教夫婿觅封侯"的哀怨，"夜阑卧听风吹雨，铁马冰河入梦来""西北望，射天狼"的壮志情怀，等等，不一而足。

拙诗词稿集名为《文苑诗情》，是基于2016年笔者曾出版一部《文苑漫笔》散文集。

承蒙中国美术协会中国画艺委会学术秘书、北京凤凰岭美术馆馆长、北京凤凰岭书院教务长兼执行导师、北京指墨画院院长韩国栋老师为拙稿创作了书画作品，可谓功力深厚、添彩无限。北大学兄、国家图书馆副馆长、古籍保护中心副主任、研究馆员张志清先生，北大学兄、南京大学教授、博士生导师、中国阅读学研究会名誉会长徐雁先生拨冗题写了序言，自知拙稿难副盛意，唯感激之情难以言表。

感谢山东省图书馆研究馆员、副馆长王玉梅同志，研究馆员杜云虹同志、副研究馆员白兴勇同志在本书编辑出版等方面提供的帮助。笔者学识有限，谬误之处在所难免，敬请方家批评指正。

人生自有诗意，愿各位一生都有美好的诗词相伴。

2019年9月
刘显世于省图汇文楼